U0039850

# 幻　獸
# 樂　園

## MY WORLD OF WONDROUS CREATURES

FANTASTICAL AND ASTONISHING IDEAS IN MY SECRET VISTAS

之山紀跡玄圃之上乃取其嘉木
銀之寶歸而殖養之於中國穆王駕八
駿之乘右服盜驪左驂騄耳造父為御奔戎
為右萬里長騖以周歷四荒名山大川靡不登濟東
升大人之堂西燕王母之廬南轢黿鼉之梁北躡積
羽之衢窮歡極娛然後旋歸案史記說穆王得盜驪
騄耳驊騮之驥使造父御之以西巡狩見西王母樂
而忘歸亦與竹書同左傳曰穆王欲肆其心使天下
皆有車轍馬跡焉竹書所載則是其事也而譙周之
徒足為通識瑰儒而雅不平此驗之史考以著其妄
司馬遷敘大宛傳亦云自張騫使大夏之後窮河源
惡覩所謂崑崙者乎至禹本紀山海經所有怪物余
不敢言也不亦悲乎若竹書不潛出於千載以作徵
於今日者則山海之言其幾乎廢矣若乃東方生曉
畢方之名劉子政辨盜械之尸王頎訪兩面之客海
民獲長臂之衣精驗潛効絕代懸符於戲羣惑者其

晉記室參軍郭璞撰

世之覽山海經者皆以其閎誕迂誇多奇恠俶儻之
言莫不疑焉嘗試論之曰莊生有云人之所知莫若
其所不知吾於山海經見之矣夫以宇宙之寥廓羣
生之紛紜陰陽之煦蒸萬殊之區分精氣渾淆自相
濆薄遊魂靈恠觸像而構流形於山川麗狀於木石
者惡可勝言乎然則總其所以乖鼓之於一響成其
所以變混之於一象世之所謂異未知其所以異世
之所謂不異未知其所以不異何者物不自異待我
而後異異果在我非物異也故胡人見布而疑黂越
人見罽而駭毳夫翫所習見而奇所希聞此人情之
常蔽也今略舉可以明之者陽火出於氷水陰鼠生
於炎山而俗之論者莫之或恠及談山海經所載而
咸恠之是不恠所可恠而恠所不可恠也不恠所可
恠則幾於無恠矣恠所不可恠則未始有可恠也夫
能然所不可不可所不可然則理無不然矣
案汲郡竹書及穆天子傳穆王西征見西
王母執璧帛之好獻錦組之屬穆王享

天吳

《海外東經》——

朝陽之谷，神曰天吳，

是為水伯。

在虹虹北兩水間。

其為獸也，八首人面，

八足八尾，皆青黃。

## 泰逢

《中次三經》——

又東二十里，曰和山，
其上無草木而多瑤、碧，
實惟河之九都。
是山也五曲，九水出焉，
合而北流注於河，其中多蒼玉。
吉神泰逢司之，其狀如人而虎尾，
是好居於萯山之陽，出入有光。
泰逢神動天地氣也。

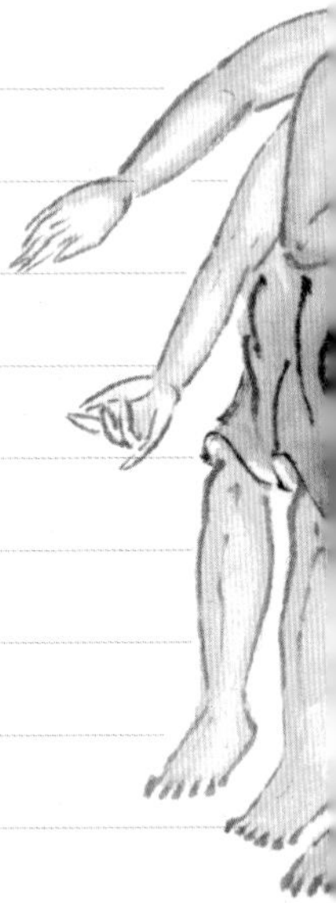

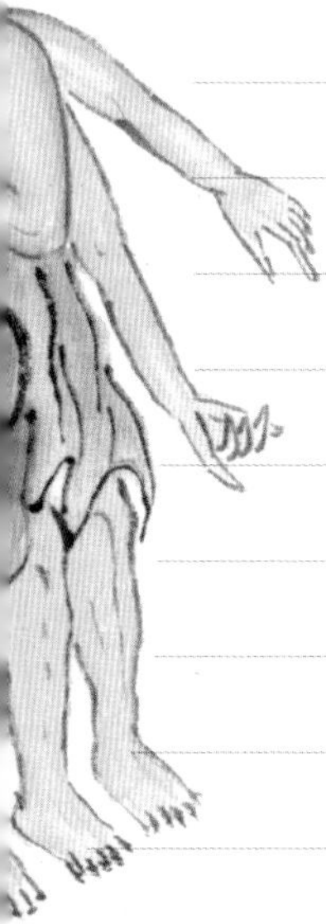

## 九鳳

《大荒北經》

大荒之中，
有山名曰北極天櫃，
海水北注焉。
有神，九首人面鳥身，
名曰九鳳。

驕蟲
〈中次六經〉
縞羝山之首，曰平逢之山
南望伊洛，東望穀城之山
無草木，無水，多沙石。
有神焉，其狀如人而二首，
名曰驕蟲，是為螫蟲，
實惟蜂蜜之廬。
其祠之，用一雄雞，
禳而勿殺。

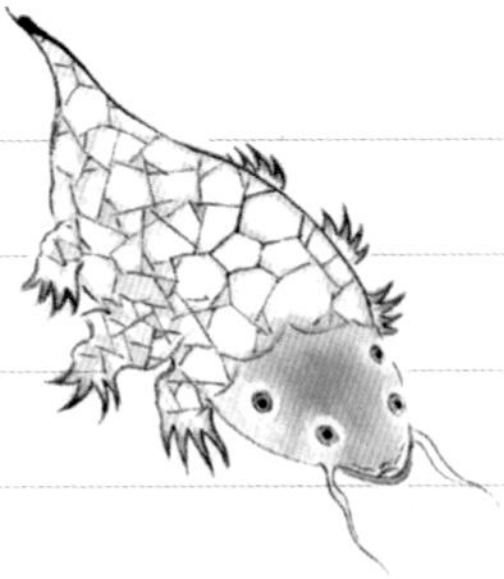

## 肥𧔥

《西次一經》

又西六十里，曰太華之山，
削成而四方，其高五千仞，
其廣十里，鳥獸莫居。
有蛇焉，名曰肥𧔥，
六足四翼，見則天下大旱。

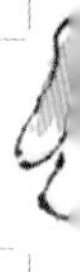

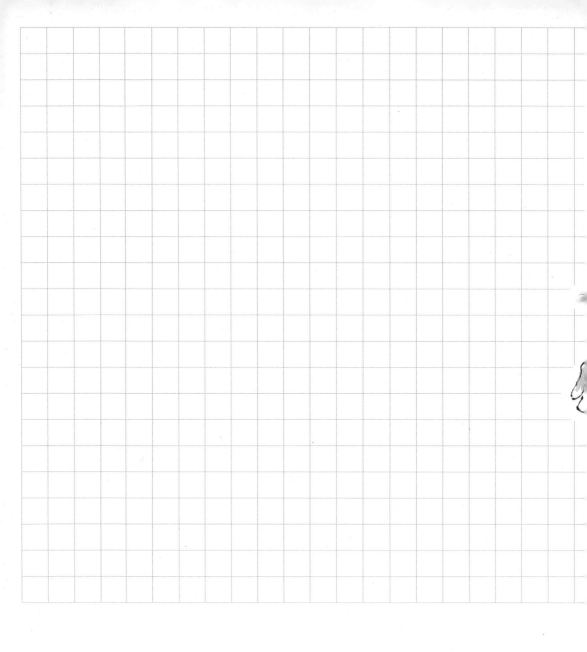

## 九尾狐

《南次一經》

又東三百里，曰青丘之山，
其陽多玉，其陰多青雘。
有獸焉，其狀如狐而九尾，
其音如嬰兒，
能食人，食者不蠱。

## 類

《南次一經》——

又東四百里，曰亶爰之山，
多水，無草木，不可以上。
有獸焉，其狀如狸而有髦，
其名曰類，自為牝牡，
食者不妒。

## 狍鴞

《北次二經》——

又北三百五十里，曰鉤吾之山，
其上多玉，其下多銅。
有獸焉，其狀如羊身人面，
其目在腋下，虎齒人爪，
其音如嬰兒，名曰狍鴞，
是食人。

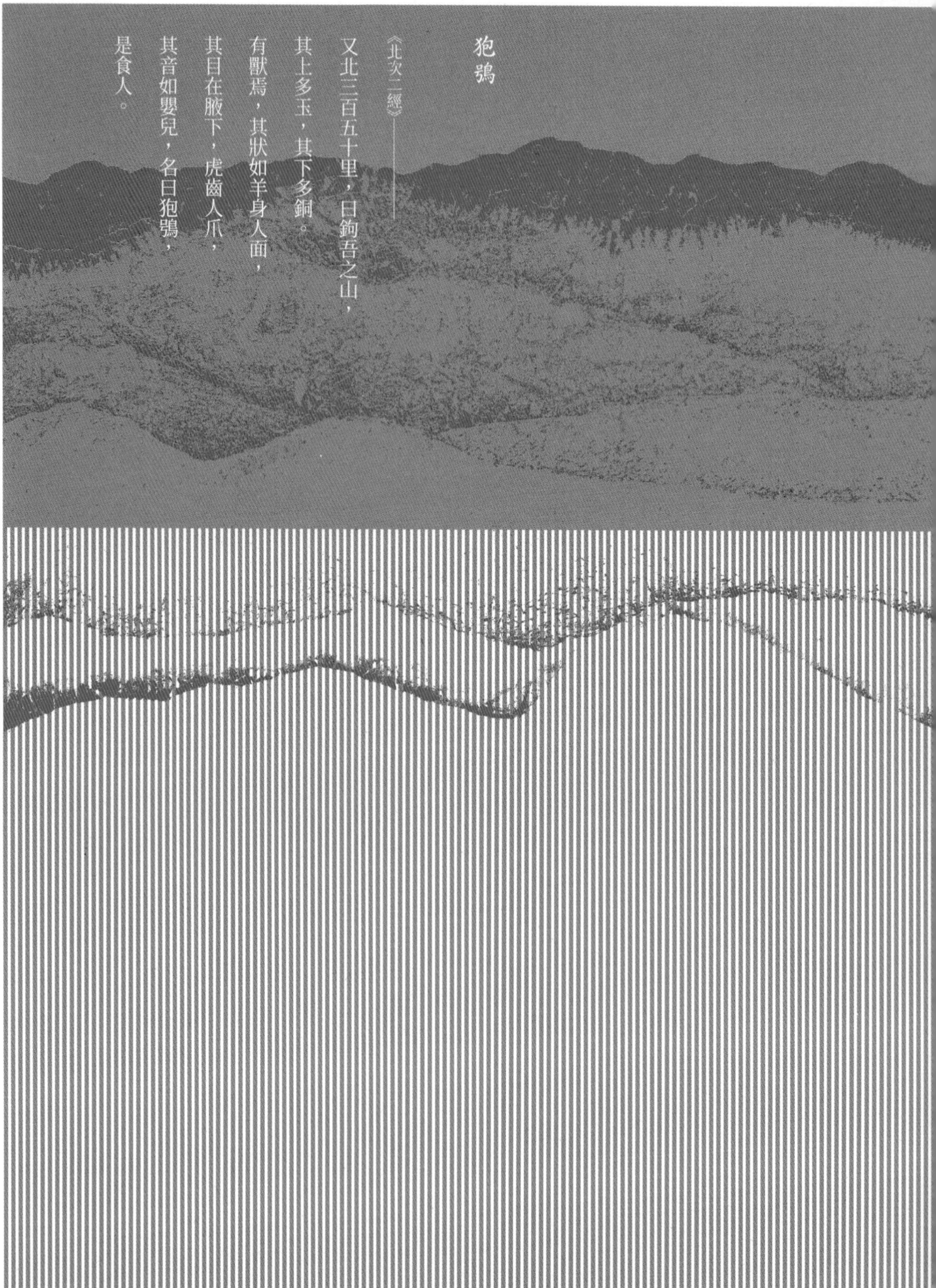

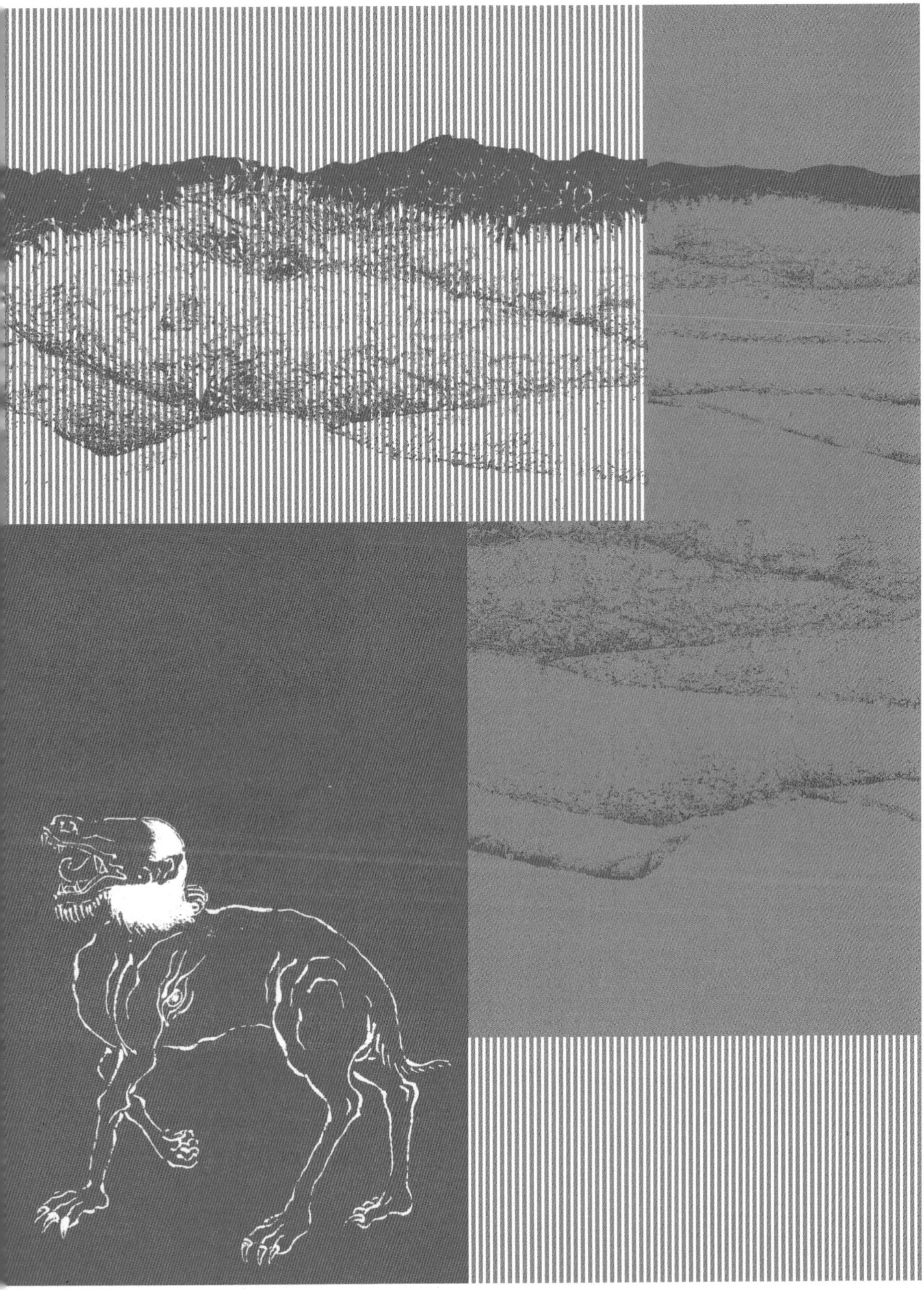

## 應龍

《大荒東經》——

大荒東北隅中，有山名曰凶犁土丘。
應龍處南極，殺蚩尤與夸父，
不得復上。
故下數旱，旱而為應龍之狀，
乃得大雨。

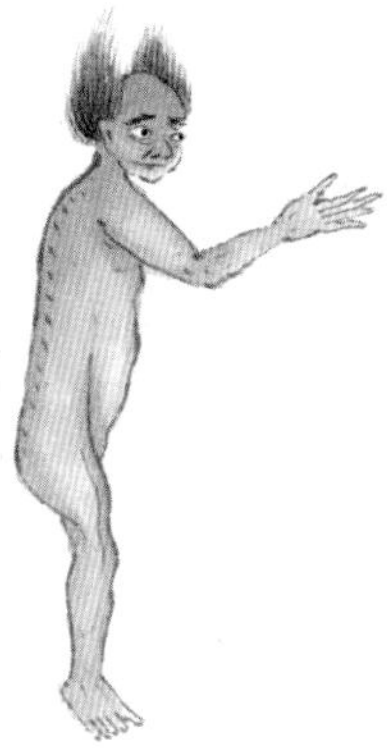

## 旋龜

《南次一經》——

又東三百七十里，曰杻陽之山，
其陽多赤金，其陰多白金。
……
怪水出焉，而東流注於憲翼之水。
其中多旋龜，其狀如龜而鳥首虺尾，
其名曰旋龜，其音如判木，
佩之不聾，可以為底。

## 薄魚

《東次四經》——

又東南三百里，曰女烝之山，
其上無草木。
石膏水出焉，而西注於鬲水，
其中多薄魚，其狀如鱣魚而一目，
其音如歐，見則天下大旱。

## 讙

《西次三經》——

西水行百里，至於翼望之山，
無草木，多金玉。
有獸焉，其狀如貍，
一目而三尾，名曰讙，
其音如奪百聲，
是可以禦凶，服之已癉。

寓鳥

《北次一經》——

又北三百八十里，曰虢山，
其上多漆，其下多桐椐。
其陽多玉，其陰多鐵。
伊水出焉，西流注於河。
其獸多橐駝，其鳥多寓，
狀如鼠而鳥翼，其音如羊，
可以禦兵。

## 畢方

《西次三經》——

又西二百八十里，
曰章莪之山，
無草木，多瑤碧。
所為甚怪。
有獸焉，其狀如赤豹，
五尾一角，
其音如擊石，其名如猙。
有鳥焉，其狀如鶴，一足，
赤文青質而白喙，名曰畢方，
其鳴自訆也，
見則其邑有譌火。

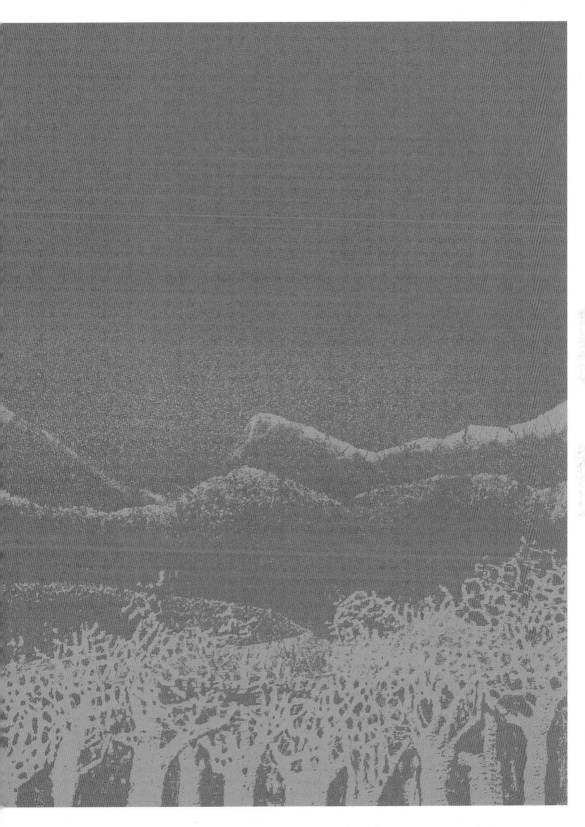

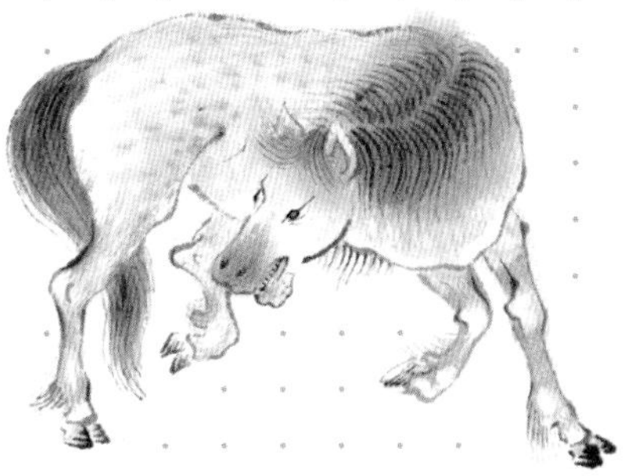

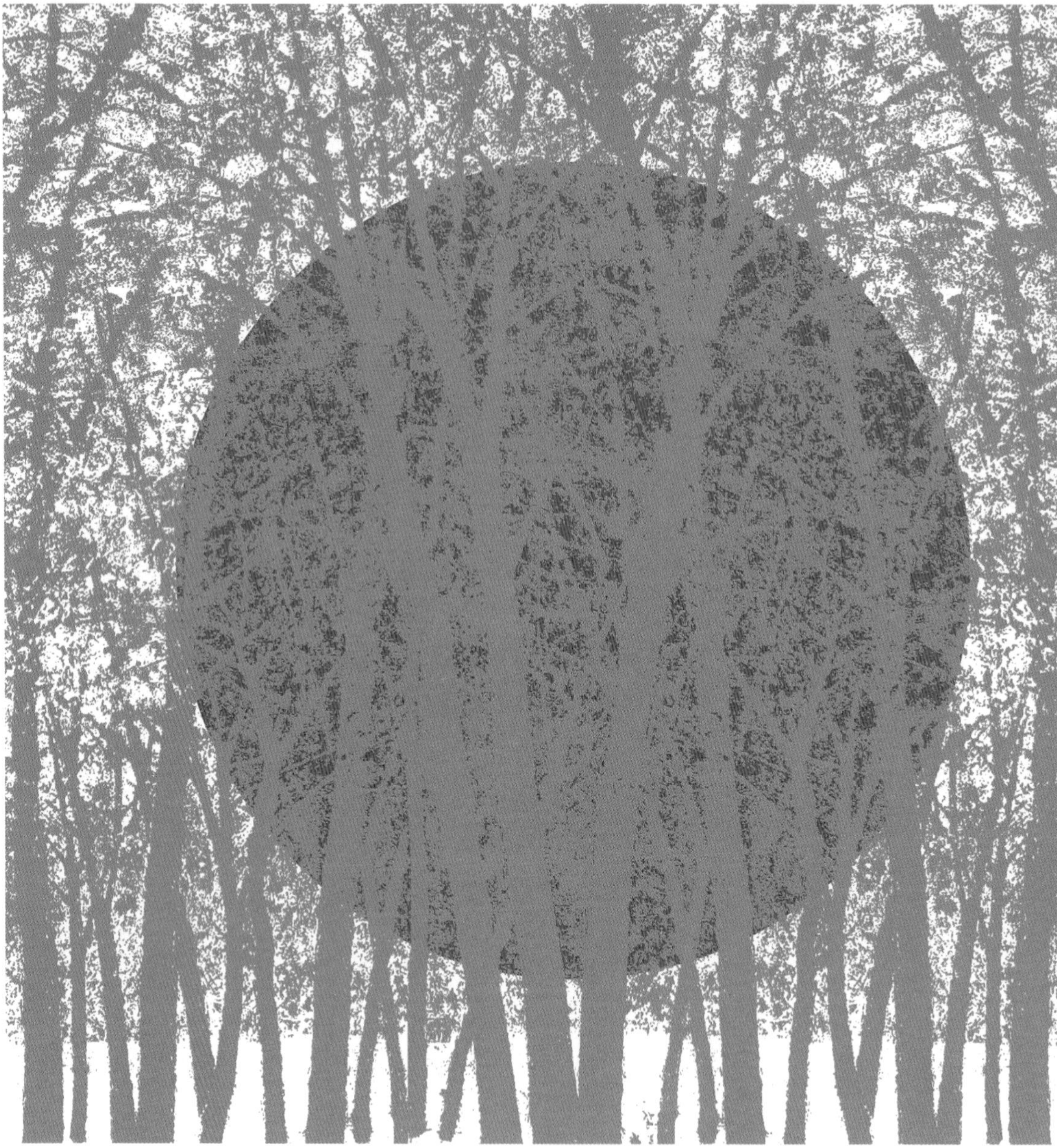

## 天狗

《西次三經》

又西三百里，曰陰山。
濁浴之水出焉，
而南流注於番澤，
其中多文貝。
有獸焉，
其狀如狸而白首，
名曰天狗，
其音如榴榴，
可以禦凶。

## 何羅魚

〈西次一經〉

又北四百里，
曰譙明之山。
譙水出焉，
西流注於河。
其中多何羅之魚，
一首而十身，
其音如吠犬，
食之已癰。

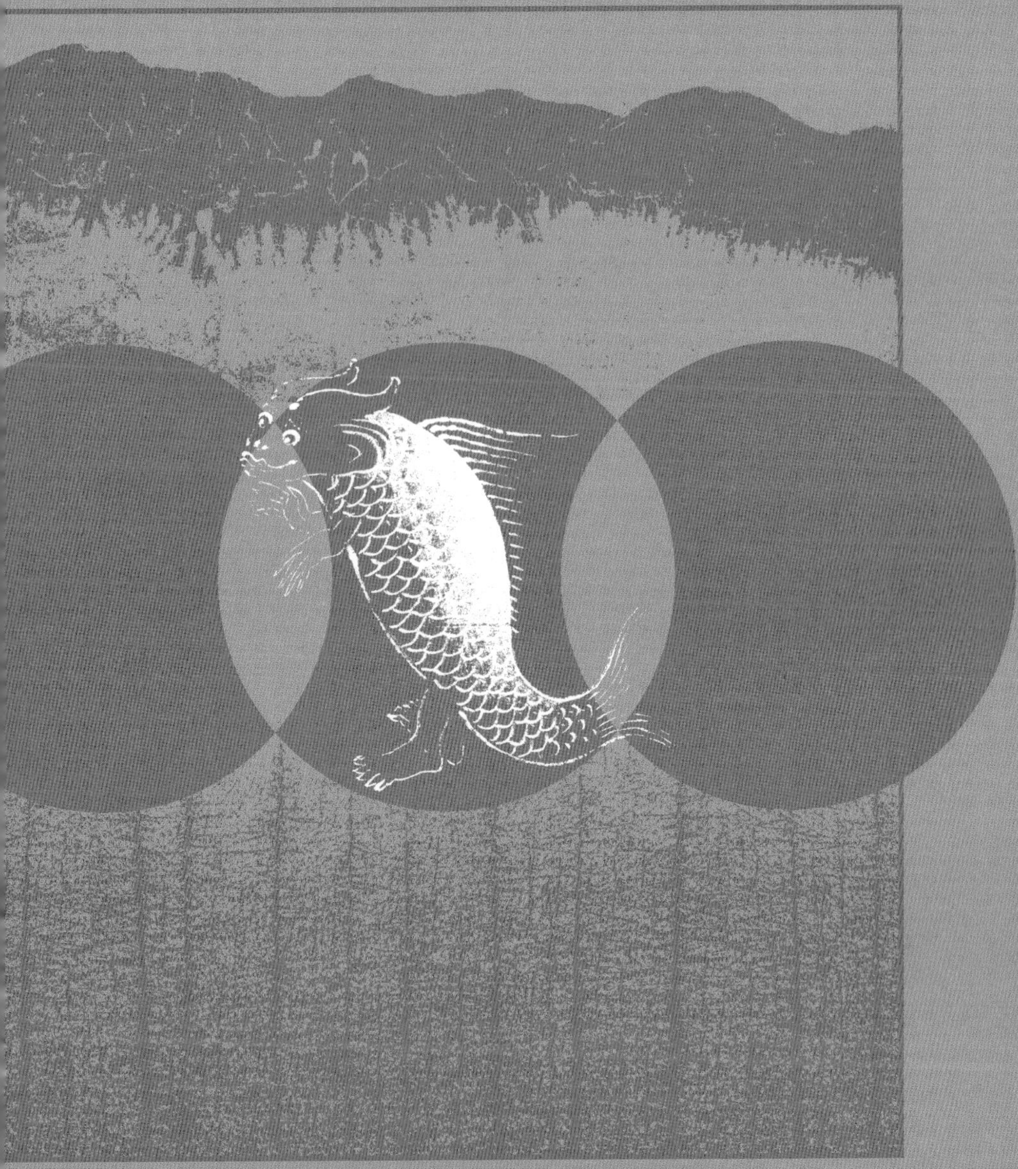

陵魚

《海內北經》

列姑射山在海河洲中。
姑射國在海中，
屬列姑射，
西南，山環之。
大蟹在海中。
陵魚人面，
手足，魚身，在海中。

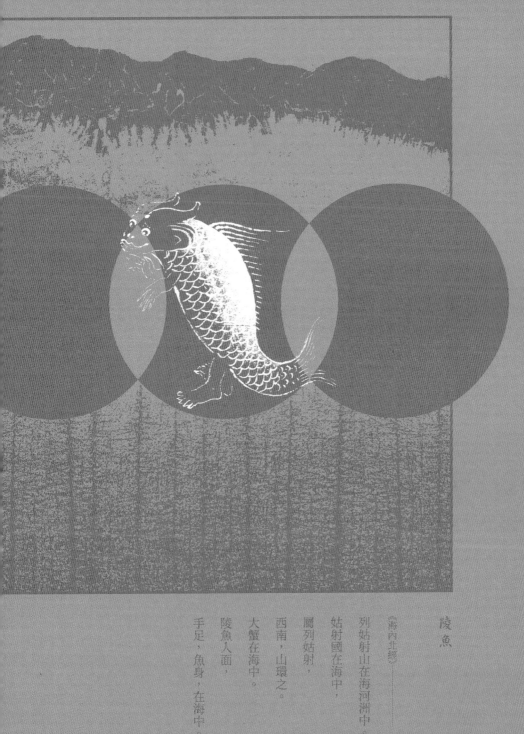